D1616696

Para Tiziana

Primera edición en inglés: 1993
Primera edición en español: 1994
Primera reimpresión: 1997

Coordinador de la colección: Daniel Goldin
Traducción de Lucía Segovia

Título original:
The Big Bad Mole's Coming!

Publicado por Walker Books Ltd, Londres
ISBN 0-7445-2278-1

Carr. Picacho Ajusco 227; 14200, México, D.F.

ISBN 968-16-4497-2

Impreso en Hong Kong
Tiraje 7 000 ejemplares

Texto de
Martin Waddell

Ilustraciones de
John Bendall~Brunello

LOS ESPECIALES DE
A la orilla del viento

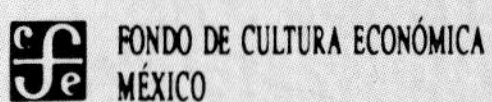
FONDO DE CULTURA ECONÓMICA
MÉXICO

AHÍ VIENE EL MALVADO TOPO.
¡¡¡¡¡¡

bee
muu
ñhiiim

AHÍ VIENE EL MALVADO TOPO. VIENE HACIA ACÁ.
¡¡¡¡¡¡

bee
muu
ñhiiim

AHÍ VIENE EL MALVADO TOPO. VIENE HACIA ACÁ. HOY LLEGARÁ. ¡TODOS ESCÓNDANSE YA!
iiiiii

MUU
ÑHIIIM
BEE

iiiiii

BEE

MUU

ÑHIIIM

MUU
iiiiii
ÑHIIIM
BEE

¡OIGAN! EL MALVADO TOPO ESTUVO AQUÍ.

ñhiiiim
muu
bee
iiiiii

¡OIGAN! EL MALVADO TOPO ESTUVO AQUÍ. ¡AHORA SE HA IDO! SIGUIÓ SU CAMINO.

¡SE FUE POR ALLÁ!